우리 시대 현대시조 100인선 55

저 혼자 꽃 필 때에

김 일 연

태학사

우리 시대 현대시조 100인선 55

저 혼자 꽃 필 때에

초판 인쇄 2001년 9월 26일 • 초판 발행 2001년 9월 28일 • 지은이 김일연 • 펴낸이 지현구 • 펴낸곳 태학사 • 주소 서울시 서초구 서초 2동 1357−42 • 전화 (02) 584−1740 (代) • 팩스 (02) 584−1730 • e-mail thaehak4@chollian.net • http://www.thaehak4.com • 등록 제22−1455호

ISBN 89-7626-706-0 04810 • ISBN 89-7626-507-6 (세트)

ⓒ 김일연, 2001
값 5,000 원

☞ 지은이와 협의하에 인지를 생략합니다.
☞ 파본은 구입한 곳이나 본사에서 바꾸어 드립니다.

◀ 시인의 꿈을 처음 가졌던
중학교 때의 모습 (1969)

▼ 대구매일 신문사 편집부
기자 시절의 모습
(맞은 편에 현재 대구 교대
교수인 길병휘 기자, 멀리
옆모습만 보이는 문화부의
이태수 시인이 있다) (1980)

남편과 함께 어느 휴양지에서 (1997)

독일인 친구와 함께 물의 도시 '베니스' 에서 (1998)

차례

제2부

제1부

새벽달

만리(萬里) 밖에 바람 보내고
서러운 건 보내고

내 뜨락
빈 가지에
금지환을 끼우며

녹슨 문(門) 열어 달라고
들어가고 싶다고

빈 들의 집

불 꺼진 얼굴로
문둥이의 몸뚱이로

지쳐 우는 사랑은
사랑이 아니다

먼 길을 날아온 새는
고요 속에 깃든다

오늘 비와 바람이 들풀을 쓰러뜨리고

내일 비와 바람이 들풀을 일으킨다

빈 들이 껴안고 있는
상채기와
새의 평화(平和)

수선화

물좋은 청어 잠든
저녁바다 닻 내리고

구원을 기다리는
마법의 성채 아래

밀려와 세레나데 부른다

부딪는 은빛 종소리

야생화

한반도 따라가는
적요의
오솔길에

티끌보다 가벼워
가벼워
빛나는 슬픔

할미꽃
애기똥 곁에
숨은 듯이 피었네

다 못한 노래

가고 없는 날들이 다
아름다움은 아니다

그리 접어두기엔
행간(行間)이 너무 많아

설움이 묻은 세월은
아름다움 아니다

젊은 날의 사랑은
한숨도 기쁨이어든

저무는 눈사람으로
여기 서 있음이여

아직은 백지인 눈밭
달려가는 노래여

빈 방에 돌아와

저물 무렵 혼자
빈 방에 돌아와

미답의 우주로
멀리 핀 꽃을 본다

숨죽인 꽃보다 고요히
누가 깊게 젖는다

오래 울어야 할 이는
오래
울어야 하리

시린 바람 끝에도
별이 뜨는지

강변에 애잔한 등불
쪽배 하나 떠 있다

들국화

놀 지핀
강줄기는
하늘로 들어가고

바람빛
구름의 춤
산허리에 감겨 오는

그맘때
어느 오솔길에
두고 온 발자국 같은

물새

가늘고 긴 발자국
모래밭에 찍혀 있었다
오리온
북두칠성
연둣빛의 처녀좌

닿으면 곧 날아갈 듯
건너가고 있었다

과부집 평상에서
갓 잡은 물회를 먹고
조가비 주우러 간
아이를 기다리며

멍청히 앉았던 내가
바다 되는
한동안

가을 다시(茶詩)

가라앉힌 가을물을
유리 그릇에 끓인다

순정(純正)한 물의 속이
환히 보이는 아침

가야국 남녘 산 밑에
석남차꽃 웃는다

끓는 마음 자리에도
물을 붓는다

마른 찻잎 위로
칡꽃 같은 향이 배어

그 그늘 흰 바위 아래
바랑 하나 앉았다

그릇

오래
비어 있으면
켜켜로 먼지 앉고

오래 차 있으면
썩어 병듭니다

알맞게 비우고 채우는 것이
분수인가 합니다

조석으로 윤 내어도
먼 백자(白瓷)는
외롭고

때 맞춰 살피어도
해묵은 독
편치 않아

없는 듯
있는 이 자리
낮은 듯 높습니다

잠옷

고단히 내 돌아와
웅크려 잠이 들매

융 몇 마 끊으시어
눈어림을 하신다

바늘 귀 더듬으시는
밤이 자꾸 급하여

앞가림 못하는 걸
알아보신 어머니

그리움 깊을수록
인생살이 쓸쓸하다고

아직도 네가 춥구나
잠옷을 만드신다

도배한 날

촘촘히 녹슨 못이 뽑혀지지 않았다
부러지고 굽어지고 시멘트 살점 부서지고
어머니 가슴의 못처럼 퍼런 울음 굳었다

낡은 집 지탱해온 건 이 못들이었을까
아파도 살아온 역사(歷史) 살 속에 보듬어 안은
벽들도 흐느끼는 것을 그 밤 처음 알았다

이따금 어머니가 뒤척이실 때마다
덜 마른 풀 냄새의 모과꽃은 유난히 피어
무명필 펼쳐 논 새벽 부활로 받는다

쓸쓸한 그림

손 끝이 새하얗게 크레파스 칠하는 딸 애

이젠 됐어 그만해도
빈 하늘도 있지 않니

새들이 못 날아와요
빈 하늘은 비었을 뿐

모래집 짓고 있는 내 그림이 쓸쓸해

위태롭던 다리가
끊어진 건 아닐까

불현듯 내려본 발 밑
깊이 모를
이 협곡(峽谷)

사랑을 위하여

한 고비 살아온 집
구석구석 쓸어내고

몇 고비 산다해도
알 수 없는 맘이라던

내 마음 유리창도 닦아
앉혀 보는
가을 산

바라보며 만나며
이어져 간 골짜기

틈 없이 맞물리어
생겨난 고운 무늬

인연의 동아줄 풀어
짜 가야 할

화문석

제2부

쇠별꽃

산은
내려와
들로 엎드리고

들에 잠든 굴뚝새
조금씩
크는 날개

그리고
그대 언저리
아름답게 머무는,

나그네새

눈 내리면 눈따라 돈황으로 떠나고

물빛 어린 상현달 달빛 속에 젖어와

한밤내 만리장천에
금 그었네
수없이

서역(西域)가는 길

드디어 어둠 오고 지상의 길 끊겼네

까마아득 하늘길로 그대에게 가리라

스러진 해와 달 넘어 바람은 불어가리니

육신을 벗는다고 네가 그립지 않으랴

북한강 둑 풀섶에 망초꽃이 지는 날

이승의 노을에 잠시 고단한 몸 눕힌 것뿐

흙비가 내리면 흙비의 세례 받고

만년설산 골짝에 시린 등을 비비며

언제나 떠나왔기에 돌아갈 곳 있으리

콜라를 마시며

몸은 여기 버리고 칼라하리로 나는 가오
탐욕의 맛이 내쏘는 단호한 창(槍) 끝에서
세 번의 빙하기 건너 푸른 화석 속으로
진정 내 몸돌은 원시의 땅, 혹여는
우주의 일망무제를 달리는 기(氣)가 되어
시원한 정의(定義) 내리리 나는 거품 아니다

비 그친 하늘에 핀 들깻잎 사이 누벼
작은 새의 폐 속에서 호오이 소리 내리오
피폐한 껍데기들이 빈 캔으로 널린 오늘

낙화(落花)

상성(上聲)에서 하성(下聲)으로
뚝 지는
서도(西道) 소리

너 없이 못살레라
차마 말을 못하고

한 조각 붉은 마음을
모질게도
베었네

저 혼자 꽃 필 때에

마지막 내 사랑은
아껴 못 부르고

못내도 가야 할
그 문(門)
바위일 때

더듬어 울어 봅니다
통곡하여 봅니다

참다참다
못 참고
저 혼자 꽃 필 때에

그냥 가슴만 아픈
꽃이
질 때에

차라리 팽개칩니다
손때 묻은 그 노래

먼 길

꽃 피고 꽃 지고 비 오고 바람 부는

그것이 다 무슨
당신 눈짓 같습니다

말없는 말씀 같습니다
사랑하는 분이여

내게 눈 귀 있고 수족 있는 모양이

알아라 하시는
심중의 뜻입니까

마침내 어둠이 와서
절명하며 갈 때까지

노송(老松)

남도(南道), 빈 들녘에
늙은 솔
한 그루.
뭉개구름 사이로 구불대는 용틀임을
다스려 쓸어안으며 구부정히 섰도다.

무너질 듯 내려앉은 하늘은 등뼈 위에
황토 흙덩이는 불거진 뿌리 움켜
비로소 천지(天地)이듯이 한 덩이로 엉기어

버티어 선 힘줄에 들끓는 고요의 힘
마침내 강 한 자락 면면히 열어놓는다
세월의 옹이마다에 사리(舍利) 맺힌
한반도(韓半島).

금불초

붉은 무덤 지나
무명(無明)의 바다 건너면

바람 없이 이는 불꽃
한 점 티끌이 없네

시방(什方)에 흩는 구름의
마음 눈부시도다

묵상의 일 찰나에
뜨고 지는 달과 별

우뢰의 폭포 속엔
피고 지는 물보라

저 하늘 거울에 비친
눈빛 그윽하도다

복수초(福壽草)

가야 할 길이 없다
내려친
절벽

물러서서 오히려
웃음 짓는 마음을

살얼음 틈바구니에
피워내는
어린 꽃

귀로(歸路)

전동차 한구석에 자는 듯이 숨쉬는
빈 술병 안고 있는 사람들 눈 속에는
눈물빛 쑥국을 끓여 놓고
쑥국새가 웁니다

마포대교 건너서 설핏한 방천둑길
머리칼 감아 올린 숲 기슭을 지나면
자운영 씀바귀꽃이 추억 속에 환하고

참나무 맑은 귀에 개개비 집을 매단
어스름 빈 들녘 관음(觀音)의 옷자락 위에
누군가 때 절은 껌을 공평히도 놓나니

먼지 앉은 불빛은 어느 곳으로 빛나는가
먼 길 가는 손잡이 잊은 듯이 흔들려
그리워 다 잊은 그리움을
쑥국새가 웁니다

산국(山菊)

바닥없는 슬픔은 어디까지 깊은지

껴안아도 껴안아도 뼛속에 시린 한기

언 땅에 뒹굴어 나뒹굴어 목석처럼 누우리

그대도 나를 잊고 나도 그대 잊은 날

바람든 청석바위에 억새가 날리면

그날에 서룬 마음을 다시 울어보리라

가을 산

가을 산 올라본 지
몇 몇 해 되었습니다

억새풀꽃 속에서
눈 마주친 들국화

내 안에 서룬 첫사랑
못 잊는 날 오래랍니다

가을 산 마주본 지도
하마 오래 되었습니다

날 가고 해 가면
더욱 붉은 상채기

내 안에 앉은 가을 산
마주본 지 오래랍니다

행복

그대 부르기 전에
면도날에 베인다

이스트를 몰래 넣고
인생을 부풀려도

마음은 불완전연소
슬픔에
그을어 있다

제3부

바람

무수한 떨림으로
일어나 날아오를 때

나비가 나비인 것을
새가 새인 것을

무심코 섰던 나무가 나무인 것을 알게 하고

저 창공에 한 점 풀잎이
풀잎인 것을

가벼이, 또한 무수히 흔들리는 삶임을 알게 하고

그 온갖 순항과 역항으로
길을
알게 하고

물

몸의 칠할이 물이면
무릇 온갖 생명—동물의 칠할, 까막까치 울음과 배추
흰나비 빛깔의 칠할, 벌레들과 벌레만도 못한 것들의 칠
할, 숲의 칠할 꽃의 칠할도 물, 그들을 살게 하는 바람
의 칠할도 물

나머지 씩씩하고 의지 굳은 삼할은 어디에도 지지 않
고 바다로 가서 청맹과니 소견으로는 짐작도 할 수 없
는 갑자기 망망한 진리 한가운데 놓여나, 가없는 미지의
공포 한가운데 사로잡혀

삼할은 칠할의 비통을 그리워하고 칠할은 삼할의 고
통을 그리워한다

고해

이른 해 넘어가는 관악산 발치쯤에
수백 년 혼자 섰는 금 많은 느티나무
머리에 하늘을 얹었지만 외로워 보였습니다.

약수터에 오르며 계단을 헤아렸습니다.
헤아림은 끝나도 헝클어진 생각은
올 거친 삼베 속 같은 잡목 숲에 휘적여

오래 두면 이 마음도 금이 가고 말겠지
가문 바닥 적시어 스며들 수 있다면
얼음물 한 바가지를 핏속에 삼키겠습니다.

덤

대가 없이 당신께 기쁨을 드리고 싶습니다

나를 버려 당신께 웃음을 드리고 싶습니다

기꺼이 받아주신다면
당신만
좋으시다면

백지로 다시

벗어논 낡은 안경의 오목렌즈를 통과한

한 줌 햇살에 수많은 잔금의 균열이 있다

야행성 곤충의 그물눈이 부시어 어룽거린다

걷어내다오
비질 한 번에 거미줄을 쳐내듯이

오래 된 내 길 잃음, 교통(交通)이 막힌 삶을

백지로 다시 돌아갈
용의가 있다

사월 하순

철쭉나무가 한 그루 철쭉나무로 서기 위해

피워야 할 꽃이 산이요
지워야 할 꽃이 바다다

숨쉬는 너를 보는 일이
이리
아프다

목어(木魚) 이야기

그는 동해 바다에 딱딱한 몸을 담궜다
금방 불끈 피가 돌고 연한 살이 돋아
봄 숲에 따스한 대기가 돌며 그러하듯이

창창한 물굽이 넘어 다섯 큰 바다 돌아오며
한밤내 물 속 것들에게 살과 피 뜯기기 그 몇 번
혼령도 제 것 아니리 검은 껍질만 남아

감은사 처마에 와 깜빡 혼절하였을 때
피멍만 남은 그것 눈 한 숨 붙이기도 전에
신새벽 스님이 매를 치며 날마다 깨우는 거였다

햇볕의 켜

오늘
어깨에 햇볕
무거운 아래는

태초부터 여기 내린
그날 그 햇볕의 켜

사람은 가고 또 가고
쌓여온 햇볕의
켜, 켜

강물 소리

그대와 나 생각하면 너무 먼 거리이기

꿈꾸는 일 부질없는 고적한 이 한밤을

영원을 가는 것처럼 깊어 가는 강물 소리

경력(經歷)

경력 자세히—글자가 슬프게 흔들린다

무엇을 하며 왔는가
더 이상 묻지 마시라

살았던 시간의 환부가 불치로 남아 있다

모월 모일(某月某日) 내 늦되어 뒤늦게 깨달았음
실수 많았음
뉘우쳤음
어디선가 분실되었음

이제야 몇 개에 지나지 않는 낱말의 의미를 알았음

자정(子正)의 골목

롤러코스터를 타다가
축지법으로 날다가
삼급수의 붕어로 구겨져 헤매이다가

허공에 멀미 난 두 발은
검은 땅이 그리워

사탕과자 기다리다
잠든 아이 생각에

아황산 가스의 대기 속을 역영(力泳)으로 닿은

막다른
자정(子正)의 골목
개구리밥 잔 꽃 같은,

번데기

한 봉지 천 원
한 길 함지 안에

억만 길로도 닿지 못할
바닥의
허무(虛無)가

뜨거운 뙤약볕 아래
발가벗기운
저 모욕(侮辱)

고치 속에 갇혀서 기다린 나날의

고독과
불안과
죽음 같은 침묵과

뜨겁게

경배(敬拜)하고픈
그 간절함들이여

추어탕을 먹으며

나는 가을 되고
가을은 내가 되는
물 소리 바람 소리 섞어 추어탕을 먹는다

뜨거운, 목젖을 적시는 국물을
가만 흘려 넣는다

천상으로 오르는
극락전 붉은 계곡에
진흙탕 빠져나온 미꾸라지들이 보였다

잊었던 청명한 빛이 방부제로
속 깊이 들어와 고인다

여름 야산

차라리
망망대해로 열린
한 점 섬이었으면

뙤약볕 폭포처럼
뜨거운 날이
쌓였으니

잡목에
엉킨 마음을
무던타
말하지 마오

제4부

토기(土器)에 부침
－산나리꽃

한량없는 세월은 어디로 지났는가

받침 위에 모셔 든 단 한 번 굳은 사랑

아련한 햇살 감아선 아라가야 흙항아리

님은 죽어 어디 가고 여기 선 고운 너는

안개 걷는 언덕에 이슬 젖은 한 송이

숨쉬는 영원의 시간 피워 낸 산나리꽃

집

길이 없는 곳에
어머니의 집이 있다

쓰러지기 위하여
일어서고
일어서는

비애(悲哀)의 밑바닥까지
내려가는
승천(昇天)

집 · 2

물에 어린 풀잎 끝에
새끼손톱 달팽이 집

새벽 오고
노을 지고
별이 들어와 앉아

등 위의 그 작은 집도
우주인 듯 지녔네

집 · 3

배합 사료 먹으며
새장에 사는 새는

절망을 모르는
비린 날개 갖고 있다

새장이 기우뚱하면
후닥닥
구른다

새

점 하나 작을수록
허공에서 자유입니다

울음도 노래되는 햇빛의 통로(通路)

점 하나 가벼울수록
절망에서
자유입니다

선물

콩 심었다 하여도 콩 나지 않는 밭

부치게 안 가꾸면
싹이 트지 않는다

아둔한 나에게 주신
하느님의
선물이다

정물(靜物)

기다리던 자리는
그대로 비어 있다
무쇳덩이 되어도
돌아오진 않을 것을

문턱에 달빛은 걸려
돌바닥에
스민다

그날 그 밤바다는
치자꽃 관을 쓰고
죽은 듯이 잠든 잠
흔들의자에 기댄 채

달리의 그림 속으로
미끄러져 내린다

제비꽃

마음 환히 비추는
무심(無心)이란 무엇인가

다 낡은 문짝이
닫혀 있는 잡초밭

욕계(欲界)의 병든 물음을
씌우고만 있는가

꽃 화분

오월 솜사탕만한 꽃 화분을 놓았다

틈새 없이 부풀은 꽃잎들이 바다였다

그 꽃을 보는 날마다 내 마음이 바다였다

달밤, 미사리에서

여름밤
여치 울음
쏟아 붓던 보름달

어른대던 강줄기의 물비단에 감기어

영원을 흘러가는 듯
그런 맘이었건만

끝내는 헤어져야 할 사랑은 그런 것이니

몇 생 돌아 만나자
약조한 오늘이던가

이마에 폭포 물소리
쏟아 붓는
보름달

겨울의 동화

그 해 겨울 유난히
폭설 쏟아지고
희방사 가는 길은
아리도록 푸르러

흰 새들 눈시울 아프게
날아오고 있었어

눈을 쓸며 간신히
건넜던 외나무 다리
무거운 짐을 내려
이정표에 앉히고

나누던 달디단 찻잔
그런 슬픔
한 모금

성탄절이 오면

수도자가 아니라도 검은 두건을 쓰고
불어가는 바람에
불어오는 바람에

나부껴 절은 옷자락 씻기우고 싶고나

눈 오는 밤

떠돌던
눈물방울 작은 풀씨 같은 것들
하늘로 불려가다 구름도 묻혀 오더니
젖은 밤
목관(木管)을 불며
잠 속으로 내린다

물 어는 머리맡에 세월을 감는 바람
청동(靑銅)의 바퀴 굴려
어린 날을 불러내고
생각의 깊은 우물엔
별 하나
눈뜨고 있다

꿈꾸는 머리칼들 우르르 일어서며
키 넘는 갈숲 헤쳐
꽃배암을 훔치고
희디 흰

어둠을 돌아
바다를 만나러 간다

저녁의 시(詩)

하늘 좀더 가까이 간 유충들 잠이 들면
등의자에 기대어
저녁 차를 마신다
기일게
어둠을 밀고
날아가는 어미 새

우리 서로 잃어버린 기억의 바다 속에
저희끼리 어루만져
아물어 갈 상흔들
마알간
유리창 너머
순한 얼굴 보인다

누구신가 허소 많은 이 하루 나누신 이는
겨운 목숨 단지에
샘물 길어 채우고
영혼의 찻잔을 씻어

창가에
내 놓는다

어떤 나무의 시(詩)

기다리게 하는 것보다 기다리는 게 더 좋아
긴 나무 그림자로 서 있는 날 많았지
세월은
속절없어도
서 있는 날 많았지

말없이 눈비 맞으니 그 나무가 되었지
굵은 가지 집 한 채쯤 지을 만큼도 되었지

우주에 빈 집 한 채가
이제야
자유롭다네

이미 가득하기에

이미
가득하기에
비울 일만 남았습니다

비우면 비울수록
채워지고야마는 그릇이기에

더욱 더 비울 일만 남았습니다
죽도록
그 일만 남았습니다

고슴도치의 노래

욕심 없이 네게로 불어갈 순 없을까
이슬에 내려앉은 습자지 같은 햇살을
잠시도 두지 못하여
우는 바람
괴로워

*

고로쇠나무가 유별난 고로쇠 소리 내는 날
내 마음 깊은 곳으로 장대비 때려
금관의 긴 파이프를 숨구멍마다 심는다

*

레몬홍차를 마신다 언젠가부터 내게 온
열감기와 함께
나는 살아있다
따스한 열감기의 눈으로
내 곁의 널 꿈꾼다

*

혈액형 점괘여요 난 AB형 함께 있는
행복과 불행이죠 기쁨과 슬픔예요
절망과 희망이 서로
끊임없는
교신중(交信中)

*

무딘 칼 언뜻 스친 곳 핏방울이 솟습니다
슬픔의 송곳 세운
돌산 사는
고슴도치
내 눈물 붉은 까닭을 이제야 알겠습니다

제5부

토끼풀 여린 한 잎

시멘트 모래 물 뒤엉켜 돌아갈 때
아뿔싸! 휩쓸렸네
문명의 레미콘에

찢기고
으깨어지면
돌이 될 수 있을까

객지(客地)

떠도는 삶은 어디에고 있다

갈증난 불길이 연기되어 날아간 뒤

보아라
빈 항아리로 떠도는 무덤 있다

낯선 길바닥에 숨소리 흩어지고

절도(絶島)의 울음소리 관절마다 울린다

상처 난 가슴마다에
떠도는 고향 있다

객지(客地) · 2

이 저녁 내 뜨락에 스미어든 어둠이
아직 어린 나무의 가지를 부러뜨린다

빈 둥지 떨어질 듯이 위태롭게 걸렸다

허공 중에 쓸쓸히 잘린 팔을 흔드는
불구의 몸뚱어리 어디 그것뿐이랴

새들은 가장 먼 나라 가고 오지 않는다

운전(運轉)·2

뜨겁게 다스려온 과묵한 열정의

서해 대천 밤바다 차오르는 밀물에

무너져 지친 발등을 적셔볼 수 있을까

아아, 그 푸름에 누워 만 갈래 결박을 풀고

켜켜이 밴 먹물 해감을 뱉을 수 있을까

때절은 하늘을 뚫고 세기말을 지나면

운전(運轉) · 3

낙타처럼
거북처럼
찾아가자 하였던가

온몸에 기름 넣고
광속으로 달려도

화엄의 등불은 어디
자취조차 없어라

허수아비

참새도 허수아빌 안 무서워한다는데

망상(妄想)의 그림자가 무서운 반편 사람

뜨락의 달빛을 찾아 심산유곡 헤맨다

산동네

쟁한 정적 도는
덕지덕지 시멘트 길

고개 쳐든 검은 개
유령처럼 지나가고

길 잃은 겁쟁이 개미
조심조심 기어간다

쌀알만한 구멍 안은
그저 캄캄하다

들어간 어린 개미
집 찾아갔을까

한 아이 싸늘한 땅에
뒤통수를 박았다

병가(病暇)

썩은 속을 가진 너무 싱싱한 사과
만나는 사람들은 위엄 있는 술병만 같이

전신(全身)이 아픈 세상을 살맛난다 취하고

크리스탈 빵집 아가씨 크리스탈 눈으로 보던
어항에 사표 내고 금붕어가 죽은 아침

눈빛도 폭력인 세상 평화라고 끄덕여

더듬이 길면
제 몸 찔릴 뿐이지
핏물도 아픔도 없는 빛의 칼이 있다 하는

안 뵈는 칼의 세상에 제출하는 병가원(病暇願)

아리랑 · 2

풍진 세상 어디에 파랑새가 있더냐
돌아야 사는
바람개비 삶이었다

어울려
어우른 무늬
빚어내는 수월래

이승의 개똥밭에 햇무리가 뜨는 날
서러운 신명이야
내림인 것이지

숨가쁜
역사(歷史)의 상쇠
푸른 상모 돌리며

아리랑 · 3

너를 담으려고
속을 비운다

날라리 장구 쇠 쏟아 붓는 폭포수

미어져 터지는 마당
비워 내는 징소리

너에게로 가는 길은
울림 속에 있다

이유가 없는 사랑
천년의 짙은 향내

스미어 옷이 젖는다
뼈와 살이 젖는다

아리랑 · 4

밑둥치 이미 꺾여 거센 바다를 향한

곱사등 머슴 할아비
굽어 맺힌 등줄기

영 넘고
넘은 가지는
옹이 박인 손마디

핏빛 하늘 끼었고 소신공양(燒身供養) 불이야

끈끈한 흐느낌이
엉겨드는 해송(海松)의 춤

피안의 안개 속으로
검은 학은 날아라

아리랑 · 5

사랑도 내 사랑은 자진모리 숨가쁜데
속 타는 님 사랑은 진양조로 넘는다
보시게 굽이굽이에 추임새나 넣어 주어

내려치며 꺾이며 잉아 걸어 내닫는다
도도한 육성을 치고 받는 북 장단
한 거리 당도한 곳에 아니리가 있으니

기뻐 눈물난다고 울며 박장대소라
그득히 들어온 정(情) 뜨겁게도 출렁여
풍상에 에굽은 낯빛 하늘다이 펴리라

아리랑 · 8

심장을 찢어내는 우레인 줄 알았다
일순간 눈이 머는 번개인 줄 알았다

용심이 터져 나온다
센박으로 나온다

칠흑의 어둠 속을 내닫는 비봉폭포
질풍노도 삭인 후에
이슬이
되오고저

여한이 배어든 기음(氣音)
그늘 또한 깊고녀

아리랑 · 9

길 위엔 가고 있는 바람 소리가 있다

눈물이며 눈물 아닌
빛이며 빛 아닌 기보(記譜)

삶이란 노래보다는
소리의 아픔이지

길 위엔 가고 있는 물 소리가 있다

억장 무너져
티끌이 된 바닥에

비로소 몸이 된 평화
깊은 강은 흐른다

해설　　# 가벼울수록 아름다워지는 삶

박상천

시인 · 한양대 교수

나는 사실 시조 작품들을 그다지 많이 읽어본 것 같지는 않다. 문학 잡지에 실린 작품들 혹은 개인적으로 친분 관계가 있는 시조시인들의 작품을 읽기는 했으나 시조집 전체를 꼼꼼히 읽어 보지 못했다. 김일연 시인의 작품 해설을 쓰기 위해 처음으로 한 시인의 작품을 처음부터 끝까지 읽게 되었다. 그리고 시조가 지닌 언어의 압축미에 대하여 새삼 새로운 인식을 갖게 되었다. 시조가 지닌 압축미는 형식과 내용의 긴밀성을 말해주는 것이며 시조가 갖는 정형성이 바로 언어를 압축할 수 있게 해준 것이라 할 수 있다.

나는 그동안 시조가 지닌 정형성이 시인의 상상력을

한정시키고 자유로운 사고를 제한할 수도 있다고 생각해
왔다. 그러한 생각 자체가 편견이고 단견이라는 생각을
가지게 된 것은 이 시조집을 읽고 나서였다. 3장 6구의
정형시의 제한성 때문에 시조를 쓰는 시인은 자연스레
말을 아낄 수밖에 없을 것이고 말을 아끼면서도 그 속에
자신의 사고와 감정을 다 담아야 한다는 점 때문에 시작
과정에서 더 많은 고뇌를 할 수밖에 없을 것이라는 생각
을 하게 되었다. '시적으로 우수한 민족만이 정형시를 가
지고 있다'는 말의 의미가 새삼스러웠다.

> 만리(萬里) 밖에 바람 보내고
> 서러운 건 보내고
>
> 내 뜨락
> 빈 가지에
> 금지환을 끼우며
>
> 녹슨 문(門) 열어 달라고
> 들어가고 싶다고
>
> ―「새벽달」 전문
>
> 그대 부르기 전에
> 면도날에 베인다

이스트를 몰래 넣고
인생을 부풀려도

마음은 불완전연소
슬픔에
그을어 있다

―「행복」 전문

　이 두 편의 시는 단연으로 이루어진 시이다. 물론 모든 시들이 단연으로만 되어 있는 것은 아니다. 생각을 좀더 이어가고자 연을 늘여 쓴 연시조가 대부분을 차지하고 있다. 그러나 이 단연으로 끝나는 두 편의 시만 보아도 시조가 지닌 정형성과 그로부터 비롯된 압축미의 아름다움을 느끼게 된다.

　「새벽달」 2장이 보여주는 이미지의 아름다움도 아름다움이려니와 "녹슨 문 열어달라고/ 들어가고 싶다고"라는 「새벽달」의 3장은 생략과 압축이 주는 아름다움을 실감하게 해준다. 그것은 창가에 어린 약하디 약한 새벽달빛과 그 새벽달빛이 속삭이는 속삭임을 자신의 내면 세계로 끌어들이고 그 달빛에 내면의 녹슨 문을 비추어 보는 이 시의 이미지는 말을 아낌으로써 얼마나 아름다워질 수 있는지를 잘 보여주고 있다.

　「행복」의 경우도 마찬가지이다. "그대 부르기 전에/ 면도날에 베인다”는 1장의 두 구는 사랑의 양면성을 압축적으로 잘 보여준다. 황홀하면서도 슬픔과 아픔이 가득한 그 양면성, 산문으로 쓰자면 한 권의 책으로도 모자랄 그 모순의 행복을 3장의 제한된 정형시 속에 넣을 수 있다는 것은 바로 이 시인의 시작 능력이자 시조가 지닌 아름다움이라 할 것이다.

김일연 시인의 시조집을 읽으면 내게 온 깨달음은 부끄러움이었다고 해도 과언이 아니다. 그 하나는 시조에 대한 무지를 깨달은 부끄러움이며 또 다른 하나는 내 시가 너무 풀어져 있음에 대한 부끄러움이었다고 할 수 있다. 시를 쓰는 많은 시인들은 어쩌면 나와 같은 편견을 가지고 있는 지도 모른다. 나와 같은 편견을 가지고 있지는 않다고 할지라도 적어도 시조에 대하여 너무 무관심한 지도 모른다. 그래서 처음으로 시조집의 전부를 꼼꼼하게 읽을 수 있는 기회를 갖게 된 것을 나는 참으로 다행스럽게 생각하게 되었다.

김일연 시인이 지닌 최대의 장점은 이러한 압축미와 함께 아름다운 이미지를 조형할 줄 아는 점이 아닌가 한다. 이미 인용했던 「새벽달」의 2장 “내 뜨락/ 빈 가지에/ 금지환을 끼우며”라는 구절은 김일연 시인의 시조 중에 처음 대한 시조에서 만난 놀라움이었다. 달빛 어린 뜨락의 빈 가지에 비추이는 달빛을 참으로 생생한 이미지로 그려냈기 때문이었다. 그런가 하면 그가 「수선화」에서

수선화의 피어 있는 모습을 "부딪는 은빛 종소리"로 「들국화」에서 들국화를 "어느 오솔길에/ 두고 온 발자국 같은"으로 「낙화」에서는 꽃이 지는 모습을 "상성(上聲)에서 하성(下聲)으로/ 뚝 지는/ 서도(西道) 소리"로 그려낸 이미지들이나 「고슴도치의 노래」에서 보여주는 "이슬에 내려앉은 습자지 같은 햇살"과 같은 빛나는 이미지를 만나는 일은 그의 시를 읽는 재미 중에서도 가장 큰 재미라고 할 수 있다. 이러한 이미지의 조형 능력이야말로 김일연 시인의 시조들을 빛나게 하는 가장 핵심적인 면이라 생각한다.

> 떠돌던
> 눈물방울 작은 풀씨 같은 것들
> 하늘로 불려가다 구름도 묻혀 오더니
> 젖은 밤
> 목관(木管)을 불며
> 잠 속으로 내린다
>
> 물어는 머리맡에 세월을 감는 바람
> 청동(靑銅)의 바퀴 굴려
> 어린 날을 불러내고
> 생각의 깊은 우물엔
> 별 하나

눈뜨고 있다

-「눈 오는 밤」 부분

　시는 추상적 관념이나 감정을 이미지로 형상화하는 작업이라 할 수 있다. 조형(造形)한다는 것은 형(形)을 만드는 것이며 우리가 지각할 수 없는 세계를 지각할 수 있도록 '꼴'을 만들어 주는 일이다. 우리는 어떠한 꼴이 없으면 사물을 감각하거나 지각할 수가 없다. 심리를 지각할 수 없는 것은 그것이 꼴이 없기 때문이다. '구체적'이라는 말 역시 어떤 꼴을 갖추는 것을 의미한다. 따라서 '꼴'을 갖추도록 한다는 것은 곧 사물화하는 것을 의미하는 것이며 그것이 바로 이미지의 조형인 셈이다. 이미지는 지각할 수 없는 심리적 내용물을 지각하도록 해주고, 지각을 통해 새롭게 느끼고 생각하고 이해하고 판단하게 해주는 것이다. 산문의 가장 주요한 기능이 의미의 전달이라면 시는 사물이나 관념과 감정을 새롭게 의식하게 하는 것이다. 김일연 시인의 시들은 앞서도 말한 바와 같이 이러한 뛰어난 이미지의 조형을 통해 독자들에게 아름답게 다가온다.

　독자로 하여금 관념과 일상의 사물의 세계를 새롭게 의식하도록 해주는 것은 이미지의 조형을 통해 가능한 것이다. 시는 언어를 통해 새로운 의미를 형성해 내고 독자로 하여금 새로운 경험을 가능하도록 해주어야 한다.

그러한 새로움이 바로 예술의 '미'라 할 수 있다. 이러한 새로움이라는 예술미는 새롭게 느끼게 하고 새롭게 생각하고 새롭게 이해하게 하며 새롭게 판단하도록 해주어 결과적으로는 새로운 삶의 지혜에 이르게 하는 것이다. 따라서 시의 언어는 '의미'라는 선물꾸러미를 독자들에게 전달하는 포장지나 포장상자가 아니라 이러한 '미'를 형성하게 해주는 질료라고 할 수 있다.

「눈 오는 밤」의 1장에 나오는 "목관(木管)을 불며/ 잠 속으로 내린다"는 구절을 읽으며 나는 눈 내리는 밤의 적요와 눈 내리는 모습과 눈 내리는 소리와 그 밤을 홀로 지새는 목관처럼 텅 빈 시인의 마음이 동시적으로 다가오는 것을 느낀다. 이것이 바로 이미지의 힘일 것이다. 2장의 경우도 마찬가지이다. 시인의 상상력이 조형해낸 '별 하나 떠있는 생각의 깊은 우물'은 그 깊이를 알 수 없는 곳으로 우리를 끌고 간다. 바깥에는 눈이 내리고 생각의 깊은 우물에 별을 하나 띄우고 있는 시인이 자리하고 있는 공간의 깊이가 나는 두렵게 느껴진다. 그리고 이 세상에서는 결코 만날 수 없는, 시를 통해서만 만날 수 있는 새로운 삶의 공간을 만나는 두려운 행복을 얻는다. 이 공간은 김일연 시인의 상상력이 만들어낸 새로운 삶의 공간이다.

이미지와 상상력은 밀접한 관계를 가지고 있다. 우리의 상상력은 이미지가 제 기능을 할 수 있도록 해주는 능력이다. 상상이란 실제의 사물이 없어도 마음으로 그 사물을 감각할 수 있게 해주고 지각할 수 있게 해준다. 즉, 상상이란 심리가 사물과 융합하는 것이며 또한 그러한 욕망이라 할 수 있다. 따라서 시인의 상상력은 시의 이미지를 조형하는 작용을 하고 독자의 상상력은 이미지를 통해 새로운 체험을 가능하게 해준다. 이러한 상상력은 인간의 앎 중에서 감성적인 앎과 이성적인 앎을 함께 아우러주는 구실을 한다. 그러므로 상상력은 이성으로써 성취되는 관념이나 개념의 이해만이 아닌 진실을 일체화하는 힘을 지니고 있는 것이다. 따라서 상상력은 예술의 원동력이자 삶의 총체적 진실을 밝히려는 인간의 욕구이며 노력이라고 할 수 있다.

이러한 이해 아래 이 시의 2장 첫 구절 "물어는 머리맡에 세월을 감는 바람"을 보자. 이 짧은 한 구절에 담긴 삶에 대한 인식은 산문으로 풀어내지 못할 깊이를 담고 있다. '물어는 머리맡', '세월', '바람'이 어울어지면서 우리들 삶의 고뇌와 아픔과 어쩔 수 없는 한계와 그 허무함 등 그 모든 것들을 총체적으로 보여주고 있다. 이처럼 김일연 시인의 상상력이 조형해낸 이미지들은 짤막한 구절 속에 우리들 삶에 관한 총체적인 진실을 담아냄으로써 시를 읽는 재미, 새로운 세계를 만나는 즐거움을 만끽하도록 해주고 있다.

김일연 시인의 시를 읽는 즐거움은 그 시가 지닌 압축

미나 이미지가 주는 새로움에만 있는 것은 아니다. 시인의 삶의 인식과 그 극복 의지는 또한 그의 시를 읽는 또 다른 감동이라 할 수 있다.

모래집을 짓고 있는 내 그림이 쓸쓸해

위태롭던 다리가
끊어진 건 아닐까

불현 듯 내려본 발 밑
깊이 모를
이 협곡(峽谷)   ─「쓸쓸한 그림」 부분

바닥없는 슬픔은 어디까지 깊은지

껴안아도 껴안아도 뼛속에 시린 한기

언 땅에 뒹굴어 나뒹굴어 목석처럼 누우리
                          ─「산국(山菊)」 부분

　위의 시들에서 보듯이 김일연 시인의 삶의 인식은 "깊이 모를/ 협곡"과 "바닥없는 슬픔"으로 대표될 수 있을 것이다. 우리들 삶의 "깊이 모를/ 협곡"과 "바닥없는 슬

픔" 때문에 그의 시에는 슬픔이 담겨 있다. 그러나 이 슬픔의 빛깔은 컴컴할 정도의 어둠과 절망의 빛깔은 아니다. 위의 시에서처럼 "깊이 모를/ 이 협곡", "바닥없는 슬픔"이라는 절망의 모습이 보이기도 하지만 그의 슬픔은 대체적으로 어슴프레한 회색의 우울한 빛깔이다. 그의 이러한 슬픔의 색깔은 생활의 고통이나 어떤 특정한 이유에서 비롯된 것이 아닌 것으로 보인다. 그의 슬픔은 삶 그 자체에서 비롯된 존재론적 슬픔이라 할 수 있다. 이러한 존재론적 슬픔은 사실 시를 읽는 이들의 마음을 가라앉히고 다시 한번 삶에 대해 성찰할 수 있는 기회를 준다. 그는 우리들 삶 자체가 주는 슬픔을 슬픔으로 보듬을 줄을 알고 그리움을 그리움으로 놔둘 줄을 안다. 조급하지 않고 격노하지 않고 삶을 보듬을 줄 아는 그의 삶의 태도 때문에 그의 시를 읽는 감동이 있다.

오늘 비와 바람이 들풀을 쓰러뜨리고

내일 비와 바람이 들풀을 일으킨다

빈들이 껴안고 있는
상채기와
새의 평화(平和)

―「빈 들의 집」 부분

　　김일연 시인은 오늘의 비와 바람을 보는 현실 인식과 함께 내일의 비와 바람을 볼 줄 아는 넉넉함을 가지고 있다. 그러므로 그는 "빈 들이 껴안고 있는" "상채기"와 "평화"를 동시에 볼 수 있는 것이다. 그는 그것들을 동시에 볼 수 있을 뿐 아니라 그것들을 함께 받아들일 줄을 안다. '그는 우리들 삶 자체가 주는 슬픔을 슬픔으로 보듬을 줄을 안다.'는 말은 바로 그러한 의미에서이다. 우리들 삶은 그의 시 구절처럼 "껴안아도 껴안아도 뼛속에 시린 한기"와 같은 것인지 모른다. 그럼에도 불구하고 끊임없이 껴안지 않으면 안 되는 것이 또한 우리들의 삶이라 할 수 있을 것이다. 그것은 "바라보며 만나며/ 이어져 간 골짜기// 틈 없이 맞물리어/ 생겨난 고운 무늬// 인연의 동아줄 풀어/ 짜가야 할/ 화문석"이라는 「사랑을 위하여」라는 그의 시 구절처럼 삶의 "상채기"와 "평화"를 함께 껴안고 "고운 무늬"로 짜는 "화문석"과 같은 것은 아닐까? 그러므로 그는 "바람"으로 대표되는 삶의 아픔과 상채기까지도 껴안고 보듬는 태도를 보여준다. 「바람」의 한 구절 "가벼이, 또한 무수히 흔들리는 삶임을 알게 하고"라는 구절은 그의 이러한 태도가 잘 드러난 구절이다. 그는 우리 삶에 부는 "바람"을 탓하지 않는다. 오히려 그 바람을 통해 우리의 삶이 "가벼이, 또한 무수히 흔들리는 삶"임을 깨닫고 있다.

경력 자세히-글자가 슬프게 흔들린다

무엇을 하며 왔는가
더 이상 묻지 마시라

살았던 시간의 환부가 불치로 남아있다

모월 모일 내 늦되어 뒤늦게 깨달았음
실수 많았음
뉘우쳤음
어디선가 분실되었음

아제야 몇 개에 지나지 않는 낱말의 의미를 찾았음
-「경력(經歷)」 전문

촘촘히 녹슨 못이 뽑혀지지 않았다
부러지고 굽어지고 시멘트 살점 부서지고
어머니 가슴의 못처럼 퍼런 울음 굳었다

낡은 집 지탱해온 건 이 못들이었을까
아파도 살아온 역사(歷史) 살 속에 보듬어 안은
벽들도 흐느끼는 것을 그 밤 처음 알았다
-「도배한 날」 부분

그의 삶 껴안기는 막연한 껴안기가 아니다. 작품 「경력」에서 보는 바와 같이 그는 철저히 자신의 삶에 대하여 성찰하고 있다. 이러한 성찰을 통해 그는 「도배한 날」에서와 같이 '낡은 집을 지탱해온 못'들과 그 못들을 보듬어 안고 있는 '삶'에 대한 깨달음을 얻고 있는 것을 알 수 있다. 이러한 성찰과 깨달음을 통해 그가 도달한 곳이 바로 삶을 껴안을 수 있는 자리가 아닌가 한다. 이렇게 삶을 있는 그대로, 슬픔과 비애를 있는 그대로 끌어안고 보듬어 안을 수 있는 것은 삶에 대한 욕심과 집착을 버렸을 때 가능한 일일 것이다. 그래서 그는 "알맞게 비우고 채우는 것이 분수"와 "없는 듯 있는/ 이 자리"(「그릇」)의 아름다움을 알고 "끓는 마음 자리에도/ 물을 부"(「가을 다시」)을 줄 알며 "그대 언저리/ 아름답게 머무는" 법을 깨달아 알고 있는 것이다.

다음 시에서 우리는 김일연 시인이 이러한 깨달음의 자리를 거쳐 도달한 정신의 지향점을 만나게 된다.

점 하나 작을수록
허공에서 자유입니다

울음도 노래되는 햇빛의 통로(通路)

점 하나 가벼울수록

절망에서

자유입니다

「새」 전문

작을수록, 가벼울수록 자유인 삶. 김일연 시인의 정신의 지향점은 바로 여기에 있는 셈이다. 이 지점은 그가 「백지로 다시」라는 시에서 "백지로 다시 돌아갈/ 용의가 있다"고 고백하는 것과도 일맥 상통하는 지점이라 할 수 있다. 작아지고 가벼워지고 버릴수록 아름다워지는 삶의 지점 그곳은 '울음도 노래되는' 환희의 지점인 셈이다.

작아지고 가벼워지고 버림으로써 아름다워지는 삶은 내겐 또다시 시조의 아름다움을 생각하게 한다. 버려야 할 언어를 버리고, 가벼워지고 작아짐으로써 더욱 아름다워지는 시조와 김일연 시인이 추구하는 삶의 지향점이 이 지점에서 만나고 있는 것은 아닐까.

김일연 연보

1955년   대구에서 태어남.

1977년   경북대학교 사범대학 국어교육과 졸업.

1978년   경북 문경군 가은중학교 교사.

1979년   경북 안강군 안강중학교 교사.

1980년   대구매일신문사 편집부·문화부 근무.

1980년   시조문학 추천

1994년   시조집 『빈 들의 집』 출간

1998년   시조집 『서역가는 길』 출간

현 재   한국시조시인협회·영남시조문학회·오늘의시조학회·
         한국여류시조문학회 회원.

참고문헌

장석주, 「사랑의 가없음, 그 길 위에서」, 『서역가는 길』, 1998.
이우걸, 「슬픔의 시적 변용」, 『이우걸 평론집』, 2001.